Miss Dance

© Gallimard Jeunesse, 1999
ISBN : 2-07-051534-6
Dépôt légal : novembre 1999
Numéro d'édition : 82805
Loi n°49956 du 16 juillet 1949
sur les publications destinées à la jeunesse
Imprimé en France

Lorette la Pâquerette

Antoon Krings

Gallimard Jeunesse / Giboulées

Il arrive, dit-on au jardin, que les petites filles qui naissent d'habitude dans les roses, voient parfois le jour dans d'autres fleurs. Et comme cela est inattendu, personne ne vient les y chercher. C'est ainsi que Lorette naquit un jour chez une modeste pâquerette.

De cet heureux événement, la petite fleur fut enchantée. Elle lui donna un peu de pollen, quelques gouttes de rosée et la vêtit de pétales blancs. Puis, ayant à cœur de l'élever, elle lui apprit l'élégance des belles du jardin et leur langage fleuri ; si bien que Lorette devint la plus gracieuse des pâquerettes.

Alors, les majestueuses fleurs
du parterre lui firent une petite place
parmi elles. «C'est là désormais que tu
resteras, dirent-elles, entre les roses
odorantes et les éclatantes tulipes.»

Lorette accepta avec joie, mais elle s'aperçut vite que de rester immobile des journées entières sur un pied était une chose très ennuyeuse. Aussi, dès que les fleurs tournaient leurs têtes vers le soleil, elle s'amusait à danser et à sautiller comme une petite ombre agitée.

Les belles commençaient également
à s'agiter mais c'était pour se plaindre :
– Il faudrait la remettre à sa place,
dirent les tulipes à la mine pointue.
Et si elle ne sait pas s'y tenir, qu'elle
retourne dans son pré.
– Le problème est épineux, fit observer
la rose avec majesté. Vous savez bien
que la mauvaise herbe finit toujours par
revenir si on ne la traite pas
énergiquement.

– Le problème **est** qu'elle n'est pas
plantée comme nous toutes, voilà
le vrai problème ! s'écria la pivoine en
penchant sa tête frémissante vers
Lorette. Je suggère donc que nous
la plantions sur-le-champ.

– Oui, mais une fois en terre, objecta
la pensée, il se pourrait bien qu'elle
pousse de façon inconsidérée et me
fasse de l'ombre.

– Eh bien, dans ce cas, mettons-la
en pot et cessons de l'arroser.

À les entendre, il y avait de quoi avoir peur. Seulement Lorette savait que, par bonheur, les fleurs ne pouvaient l'attraper. Elle continua donc à sautiller autour d'elles en chantant :

«Tu m'auras pas ! Tu m'auras pas !»

Le parterre était en émoi.

Cela troublait même les abeilles. Elles devenaient nerveuses et bourdonnaient bruyamment :

« Depuis quand les fleurs se mettent-elles à courir partout ? maugréa Mireille. Ne peut-on pas travailler tranquillement ? »

Mais Lorette ne se souciait pas plus des unes que des autres. De toute façon, elle n'appréciait pas les abeilles voleuses de pollen. Elle préférait jouer avec les papillons, ces joyeux lutins qui dansaient aux quatre coins du jardin et l'entraînaient chaque jour un peu plus loin.

« Un peu, beaucoup, passionnément… répétait la marguerite d'un air entendu. Que passe un amoureux et c'en sera fini d'elle. »

La marguerite avait raison.
Pour l'amoureux seulement. Plus loin,
l'attendait en effet un curieux petit
bonhomme. Il était assis sur une feuille
de chou et semblait s'ennuyer beaucoup.

Dès qu'il vit la pâquerette, son visage
s'éclaira. Il agita des ailes de papillon et
s'envola en virevoltant autour d'elle.
Puis il embrassa chacun de ses pétales :
– Je t'aime, beaucoup, passionnément,
à la folie…
Mais Lorette, soudain toute timide,
se sauva en criant :
– Tu m'auras pas ! Tu m'auras pas !

Pourtant, ils se marièrent, je puis vous l'assurer, car je fus invité. Les fleurs majestueuses du parterre vinrent également. Oh, ce qu'elles étaient droites, et comme elles faisaient les fières en demoiselles d'honneur !